reróticas

edición conmemorativa

1989-2016

lilliana ramos collado

reróticas

edición conmemorativa

Trabalis

Primera edición:
Libros nómadas, 1998.

Segunda edición conmemorativa, 2016.
©Trabalis Editores
459 Sagrado Corazón
Suite 801
San Juan, PR 00915
trabalis.editores@gmail.com

Diseño portada y prólogo: Mayda Colón
Diagramación y estilo: Zayra Taranto

ISBN: 978-1-942989-18-9

Impreso en Puerto Rico.

Para Tili, mi mamá,
que se dio cuenta muy temprano
que soy ciudadana de "Lesbos"

"separo tus piernas desnudas
las abro como un libro"

—Georges Bataille

Lilliana Ramos Collado:
la marginalidad que se recrea en la pasión

"El poder de la lengua es tan total que la muerte
y la vida pertenecen a su poder".
Proverbios 18:21

Hablar de la poética de Lilliana Ramos Collado implica en la mayoría de los casos acercarse desde cualquiera de sus ventanas a un texto desacralizador. A un poema con ojos, como destaca Áurea María Sotomayor en su ensayo *Lilliana Ramos: pasión de abismos,* en el que ya propone en su obra una poética de la marginalidad. Áurea nos presenta un derrotero desde el cual comenzar nuestra lectura de Ramos. Nos advierte que encontraremos rupturas y modificaciones de estereotipos y de las estéticas reservadas para la mujer en el plano de lo poético. Nos refiere a su predilección por los tiempos presentes que sugieren una acción "en el ahora". Nos inquieta con su referencia a desconocidos que aprenderemos a conocer sin conocer sus caras, y sobre las textualidades de un yo que a veces se ausenta del texto para hacer de su lírica o antilírica un fenómeno para el cual hay que hacer embocadura.

Con el propósito de Celebrar, así con mayúsculas, la puesta en circulación del libro *reróticas* de Ramos Collado en 1998, Trabalis Editores se ha dado a la tarea de hacer recircular este texto que hace dieciocho años salió a la luz, pero mantiene intacta la vigencia de su discurso. Este poemario es posterior al ensayo que Sotomayor hiciera de la obra de Ramos Collado, así que aprovecho para pensar el texto de manera reflexiva, intentando en el proceso decodificar la finalidad de las líneas poéticas que permanecen sobre sus páginas.

Como antesala a los poemas de *reróticas,* un epígrafe de Georges Bataille nos da la bienvenida: nos inserta en unos versos que enuncian que las piernas de la amada también pueden ser abiertas como los libros. Pienso que acaso las palabras también deben ser un algo que se abre. Pienso en el título del texto en este texto, ya que nada existe fuera del lenguaje. Reescribo en este ensayo la palabra 'reróticas', la hago parte de este texto, y rebusco en ella y en su simplificación ausente de guiones las implicaciones del prefijo 're'. Este prefijo me hace muecas, me lleva a cuestionarme si en realidad sugiere volver a iterar la erótica o resignificarla. Decir la erótica y su circularidad no basta, si por ello se entiende que en la coyuntura de su significado existe posibilidad de confusión sobre si lo perteneciente al cuerpo, la carne, la pasión, el placer y el amor siguen siendo el discurso que nos conduce al binomio natural, que socialmente asigna a esos temas una función social reproductiva y reductiva.

Y es que Lilliana Ramos Collado siempre parte hacia la subversión. Busca un lugar poético para la figura del poeta contemporáneo. Su poética pone en evidencia un sujeto lírico en crisis, que en *reróticas* parte desde una posible ruptura hacia una retórica propia que se da en medio de la ironía de quien conoce sus trucos y compone un proyecto poético, y no un documento científico. En él, el sujeto lírico recurre a múltiples formas de nombrar que oscilan entre el yo, el tú lírico extratextual y el nosotros. Son esas formas de elección las que hacen que el lector intuya que el hablante se vale en ocasiones de un procedimiento antiquísimo de retórica clásica conocido como *aversio*. Su utilización recrea una situación comunicativa propia del drama, en la que dos figuras se comunican entre sí, como fingiendo ignorar al público. Lo que resulta de esta dinámica es que se superponen dos sistemas de comunicación: uno interno, entre las figuras, y otro externo, entre las figuras y el público. En consecuencia, este texto no es monológico, sino que posee multiplicidad de matices, de tiempos verbales que van entre el presente, el infinitivo y el futuro; el texto mismo nos lleva a cuestionarnos si estamos ante una *performance* de lo diferente.

La poeta dirige su maniobra al invocar a ese tú extratextual en que queda patente una complicidad entre ella y el lector: así funda sobre la técnica la ficción de la participación ilícita del "otro" en una comunicación ajena. La utilización del tú lírico extratextual posibilita una diferenciación del mensaje lírico que no sería posible con la utilización de la comunicación enunciativa y monológica, llevada a cabo únicamente por la primera persona del singular.

Intuyo que estas formas de discurso trazadas desde el aparato del lenguaje no son simples juegos de palabras hilvanadas al azar. Hay en ellas una forma audaz de subversión y diferenciación entre este texto y muchos de los que fueron escritos desde instancias de lucha femenina por despolitizar el cuerpo.

El cuerpo propio, siendo uno de los temas que se explora en múltiples ocasiones en la literatura escrita por mujeres, tiene ya un peso en las letras universalmente inscritas y escritas por el hombre. Pero la mujer escribe y se escribe con su cuerpo, comienza a autodefinirse, a rebuscar en el carácter fluido de su sexualidad, a abandonar los espacios de lo impuesto y a cuestionar su rol de sumisión como uno que proviene de la impostura social, de lo político. En esta búsqueda y redefinición no son pocas las mujeres que se alistan en la lucha por redefinir y crear aperturas de lo que hoy concebimos como lo *femenino*, concepción que ha sido cuestionada desde Safo hasta Beatriz Preciado.

En la actualidad, ese diálogo se expande hacia nuevas identidades que no siempre estuvieron presentes al momento de articular esta lucha por los derechos de las mujeres. Estamos en el momento de lo mixto, en un tiempo en que la erótica ya no es un tema tan alejado de las masas. Lo sexual es ahora materia de estudio y disfrute, está más cerca de lo común, no como en otros tiempos, cuando lo perteneciente a la sexualidad se daba tras bastidores. Pensar en cómo se gobernaban las sexualidades alternativas antes de los disturbios de *Stonewall* nos permite ver la trama de unas sexualidades marginales sin derechos y castigadas por ley. Han pasado demasiados años desde que la revolución sexual comenzó su inflexión sobre el porvenir de muchas subculturas. Se trata de procesos complejos, cuyas consecuencias son los retos y las agendas que todavía nos quedan en el tintero a las comunidades *LGBTT* y a las mujeres.

Lilliana Ramos nos invita a repensar esos temas cruciales que nos atañen, no solo a una comunidad, sino a todos los seres humanos. El viaje de *reróticas*, que parte de la erótica y del cuerpo, es otro viaje que no pretende escapar a la superficie. Todo es texto. En *reróticas* permea la intención del inicio de diálogos. Entre sus páginas no se pretende ofrecer los estatutos del yo de su autora como solución a los tópicos de la época, sino que transita desde un yo que parte de su marginalidad a un nosotros que se mantiene dentro de una marginalidad similar, donde la democratización del espacio de la cultura se facilita a partir de ese "nosotros", de ese nosotros periférico que a su vez admite la marginalidad "del otro".

En este texto se advierte un distanciamiento del modelo dialéctico para reemplazarlo por un modelo plural, múltiple y multicultural, en el que lo híbrido se asume como una realidad. En todo caso, la dialéctica del texto emerge como un procedimiento de investigación que nos enfrenta a una bioética: la naturaleza como realidad objetiva, moralmente autónoma. Es, por tanto, la obra de una poeta que promueve su forma particular de articular la libertad.

Entre los temas que cobran importancia al acercarnos al poemario resultan particularmente importantes el cuerpo, la identidad, el yo y el otro, la tolerancia versus la hospitalidad, el amor, lo femenino y el lenguaje. Las partes en que se divide el libro proponen un recorrido: encontramos en *geográficas* ese guiño que nos lleva a concluir que estamos ante el cuerpo, en *geométricas* nos sorprende el deseo entre el yo y la otra, luego *científicas* nos pasea por la identidad, el deseo y la sexualidad; y más tarde en *aire* hallamos la celebración de una identidad dialéctica frente al deseo. Finalmente, en *tinta* nos sentamos frente al lenguaje: ya en esta instancia del poemario se nos muestra su intención textual, cuyo fin es la poesía.

Cuando nos situamos frente a este cuerpo nos damos cuenta de que no es destino, sino desolado (no maternal), y que no nos refiere a la metafísica de lo natural biológico que se reproduce bajo el velo mecánico de la cotidianeidad femenina, que también se narra desde la mujer. Su propuesta está en borrar los roles históricamente asignados para el instante del parto, es decir, que escapa a ese intervalo en que el cuerpo es visto como "casa bacheleriana", y nos muestra el cuerpo vacío y terso de la mujer que se transforma en tierra de nadie. Con esto se aleja del rol que históricamente denomina a la mujer como la gran máquina reproductora del mundo, en el acto de matar al animal, que no es sino el doble cuerpo del cual hablábamos antes, es decir, la piel de adentro y el esqueleto de afuera.

Si pensamos que a través del cuerpo mismo obtenemos y entendemos nuestra identidad, encontraremos una vía para cuestionarnos algunas de estas nociones en el texto. La palabra identidad nos refiere a *ídem*, que implica "lo mismo que se repite igual". Encontramos que en la expresión misma existe referencia a algo inmutable, pero ¿no es la identidad algo dialéctico que nos conduce a la búsqueda? ¿O es más bien un paradigma que necesita de la certeza, que suprime la búsqueda de lo que somos? Lo cierto es que el supuesto de la identidad se utiliza como mecanismo para ordenar lo real: la permanencia del nombre de las cosas sugiere un esencialismo que requiere que las cosas tengan un nombre para la cultura. Quizás en este texto la ausencia de nombres propios se deba a la conciencia de que el hablante no solo se refiere a su realidad individual, sino también a una "identidad colectiva", a la que en singular no es posible darle voz. Esta noción de identidad rechaza la construcción de significados que provengan de una concepción de lo natural. Por eso, en el poemario no se simplifica la noción del quién soy, sino del qué voy siendo. Se asume un poder en la búsqueda de una contingencia que se centra en el carácter cambiante de la realidad misma. Es interesante enfrentar un texto en el que el término "identidad" no es asociado con consumo; aquí la hablante cuenta lo que es para contarlo, para interpretarse. Lo que en realidad pretende tal vez sea visibilizar lo extraño, aunque esto no lo utilice como arma, sino como evidencia.

Otro de esos temas que resaltan del texto reside en lo que escribe a la otra: "otra y otra/ somos", dicta. Si pensamos en el otro como todo lo que excede al yo, aunque su existencia dependa de un yo que lo categoriza, sabemos que estamos frente a un hablante que construye filosofía, que se sitúa frente a lo imposible y que cuestiona si el sentido de las cosas está en las cosas o si es propuesto por el sujeto que las mira. Es decir, en si las cosas no son, en el fondo, lo que somos. En el modelo moderno del sujeto occidental, su situación de ser macho, blanco y burgués supone un entrampamiento que le presenta como "modelo de lo humano". Ya sabemos que en todo proceso de inclusión el "otro" pierde su otredad; habría que preguntarse si ese modelo opera adentro o afuera. El "otro" se fagocita si es objeto de un yo que se apropia de su existencia. En esa relación en que existe un yo que impone, el "otro" irrumpe sin permiso buscando una respuesta. Esto le convierte en amenaza. También puede convertirlo en literatura. Es ahí que *eróticas* se instala en ese baile que sopesa la totalidad del yo, su carácter invariable. Intenta romper el muro que es la invisibilidad del yo, sin restar a la otra su dinámica natural hacia el cambio, como propone en los siguientes versos: "sería conveniente que no/ fueras perpetua/ como los astros/ sino móvil como ellos".

A través del lenguaje, el texto construye una propuesta que ironiza la realidad mientras la muestra. Pocas veces me salta la risa cuando leo poesía; creo que esas instancias que logra *eróticas* no son comunes en la poesía escrita por mujeres. En sus pasillos no encontraremos trazos del dolor ni derroteros para las luchas, sino una celebración de la diferencia, una puerta abierta hacia un diálogo también abierto. Esto es fundamental y necesario como mecanismo para enfilar nuestra mirada hacía la poesía puertorriqueña y la literatura en general. Este libro se goza, este libro ofrece hospitalidad desde un yo singular que nos sabe igualmente diferentes. Uno de sus aciertos estriba en la ausencia de reclamos sobre la necesidad de tolerancia. El que tolera es siempre quien posee el poder, quien posee el don de la "racionalidad". Soportar algo siempre tiene un carácter negativo, ya que carga el peso de una acción subordinante. En este texto se nos revela lo que Derridá llama el "radicalmente otro", el monstruo, todo lo que no encaja. Ese otro, en este libro, se convierte en un acto de invasión desde lo propio.

Un texto que nos coloca frente a estas palabras, "sé que cuando te entregues a tu próxima amante/ le pedirás un verso mío", nos confronta con nuestros preconceptos. Es que tampoco se basa en una necesidad de posesión de la otra que no sea para efectos literarios, tampoco en la necesidad de que se establezca como condición para el amor una relación monógama o un pacto social. La otra es ese "yo" hospitalario que reside en *reróticas* y les abre las puertas a los otros sin condiciones, asumiendo su diferencia radical; y aunque el hacerlo no resuelva del todo al "otro", muestra un desapego del yo.

Con ello resignifica la imposibilidad de transformar lo otro hacia la posibilidad de la transformación propia. Este texto evade domesticar al otro y asume que todos de alguna forma u otra somos extranjeros y todos, los otros, crecemos y nos alimentamos de esa diferencia.

En *seróticas*, lo que podríamos denominar "lo humano" se construye desde el lenguaje. Y el amor es una pieza importante en el texto. A este amor le importa quién es el otro, piensa al amor y sabe que el amor y la filosofía comparten la fatalidad de la búsqueda. El hablante ya ha transitado por el cuestionamiento del mito de la completitud, de la rutina, del amor desde el yo y para el yo, ya no razona desde la carencia. Esta metáfora sobre el amor busca expandirse, entregarse, desapegarse; busca la contemplación, su punto ágape. Buscar situarnos ante un amor fuera de la lógica del contrato social y el intercambio. Busca el exceso. Prosigue a situarnos fuera de los condicionantes matrimonio, sexualidad, monogamia y reproducción. Ya no practica la sistematización del sexo, no pretende la posesión, en él ya no hay ganancia ni mercancía, no reconoce regímenes y por tanto crea acontecimientos; ahora, sin obligaciones, lo convierte en un acto de apertura y de total libertad.

En este texto de personajes femeninos se consuma el acto de repensar la femineidad. En él no hay reducciones, ni sometimientos ni referencias a la metafísica en ese plano natural que recrea el binario hombre-mujer como seres interdependientes, sino que juega con otra ecuación ontológica. No existe en él una sola referencia a la ausencia de un órgano, sino una invitación a que la mirada se desvíe hacia sus órganos. Con ello persigue la desconstrucción del sexo biológico como punto de partida hacia la identidad sexual. Sabe que la identidad no obedece necesariamente a la genitalidad. Deslegitima a la naturaleza como orden, admite la hibridación, no sólo a la mujer, sino también al no-hombre. No hay en la propuesta domesticación posible, así que no se margina, y por tanto se entrega a su deleite de ser políticamente subvertida.

En términos estéticos el lenguaje busca la descentralización del lenguaje mismo. Es el habla quien nos hace mujeres u hombres. Fuera de la realidad de la esquematización binaria, ¿quién nos escribe? ¿Es el lenguaje quien ha dejado abierta la posibilidad para la superación propia? En ausencia de convención o convergencia se ven amenazadas las exactitudes, y por tanto, el nombre de las cosas. ¿Se puede pensar en las cosas para llegar a sus nombres? ¿Existe un mundo tras el lenguaje que hace que no todo lo que se escribe pueda ser traducido? Si Dios es porque es en el libro, como postula Jabés, en el plano de lo poético, donde se aspira a formas de nombrar que se apartan de lo común, podría decirse que existe una forma de proponer otros significados para las palabras, lo que bien podría alterar su racionalización. Si el quehacer de lo poético pensara en construirse en permanente metáfora, estaría en juego la legalidad del lenguaje mismo, y con ello la ordenación de lo real. Vía el pensar sobre lenguaje, el camino del quehacer poético nos mostrará si el lenguaje mismo nos habla y con ello podemos lograr su descentralización, así como si a través de una fisura en su carácter abierto nos permitirá lograr emanciparnos, subvertirnos y poetizarnos desde otras formas, como ocurre en reróticas. La experiencia ya nos apunta a que en todo sistema cerrado habita la fisura. Desde aquí queremos retomar este texto que entendemos fue escrito paralelamente a algunas de las teorías de género que hoy nos servirán para interpelar su discurso desde nuestros tiempos, y que nos han develado otras posturas sobre las ideas que, al momento de su primera edición, fueron obviadas por nosotros como lectores, y de seguro también por la crítica.

Es este un libro feliz y singular. Después de todo, ¿qué se puede esperar de una mujer cuya madre le informó que era ciudadana de Lesbos? Bienvenidos a Lesbos, pues: la puerta ha permanecido abierta.

Mayda Colón

la retórica y el amor

comparten los mismos trucos

aman la lengua y aman con la
lengua

son las mismas cadencias
y llegado el clímax
frotan la poesía

el tropo, la figura construyen lo que
esa coreografía que describen los
cuerpos

geográficas

poema elemental

por la criba de tu piel
acaso el aire
y el fuego y el
agua
pasan

afuera la tierra y
adentro
la tierra
queda

rutas

caminos de sal
signan mi destino
subir a ti
bajar a
ti

si tomarte a sorbos
domara la desdicha

si la sed fuera el camino hacia tu piel
dulce antesala de la dulce
muerte
brújula salina movería mis labios
cuarteados siempre
por el deseo

viajes

i

como una balsa navega
mi mano abierta sobre tu
piel
y se estremece al hallarla intacta

ii

mi seno conoce su
puerto seguro
el viento lo empuja
fatalmente

como el avestruz
protege su roja fruta
mientras pasa el mundo

barca y plumaje
a tu boca aboca
este viaje

toute entière

cuando inclino mi cabeza y veo
tus ojos emergiendo del sargazo
detengo mi pensamiento
atenta a los secretos del oleaje al que me
invitas

el toque de tu pez
me marca
material de carne y ansia
atenta
yo también tocando
la superficie
a flote sobre tu piel

lacia esta estancia de ti

mis dedos las banderas
que anuncian
las bellas comarcas

ando sobre territorio conocido

puedo saltar con los ojos cerrados
hay eco aunque mi voz
esté dormida

estado del tiempo

tus plantas y tus palmas
sobre el lecho oscilan
a la súbita ventisca del deseo

National Geographic

tus cumbres son oscuras
con faldas de nieve
dura cima
sobre blanda pendiente

miro la foto y veo
que así no es el Fujiyama

regla de etiqueta

vestir prendas no querré
mientras pueda lucir tu
húmedo anillo

tus brazos en el amor no son fuertes

tus dedos son espátulas de confitera
tus ojos no temen cerrarse
tu mente está quieta

el tercer ojo

los ojos de tu rostro lloran tu sal

el ojo de tu sexo ríe tu sal
y completa el ciclo

tus rojos labios mudos

y ciegos
tus labios vibrantes
tus
rojos
labios tensos
rojos
oscuros
tus labios secretos

cuánto labio disperso por tu piel
cuánta piel para besar tu labio

he cruzado el espejo

esa ruta mercurial que me ha
raspado la carne
país del placer
adonde vamos a tendernos

pasionaria

i

ensordecida toneles lleva de
pasión
la masa
en su ruta potestativa
encontrando sus propios ojos ajenos hasta
ahora

ii

amasada la pulpa se da vuelta
para mirar sus pies de rama
ella
la pasionaria
búscase en reflejos y miradas

iii

ella la turba
ción
exacta de mi alma lacia
relajada en su perfecto dictamen
busca que busca en su atlas
el principio del cuento
y el dios que la aplaca

iv

ella
la entonelada
pasión
que requiere de nos
el monstruo de la calma
rebusca en sus entrañas
el ritmo de las horas
y el amontañamiento de su cama

V

late que late
su pulpa mansa
regresa un día de su viaje alterno
por las ascuas
muertas ya
y revive un día

vi

la calma está suelta
y su sombra escarcea
sus puentes son de arena
los goznes de su lengua
hamaca ruda porque
tierna

humores

i

flemática
enjundiosa
cuando planificas la
secuencia del amor

primero la exploración de la boca
después la oreja izquierda
y terminas mordiendo un
dedo de mi pie
o el pezón más intranquilo

es
la estrategia del azuzamiento
cuidadosa y metódica
siguiendo un plan
cuya lógica no puedo adivinar

pero sé que está ahí

te delata tu calma
tu mano firme
el resultado siempre perfecto de tu ataque

ii

tu corazón
enorme
se te brota por doquier

negro en tus pupilas dilatadas
violeta en tu crespo pezón
hinchado y rojo y jabonoso en tu clítoris
blanco en la espuma que se aloja
en tus comisuras apretadas

tu sanguíneo corazón

iii

cuando no voy a tu paso
colérica

cuando llega el calambre o el cansancio
colérica

cuando te falta el aire
la imaginación o el
recuerdo
colérica

cuando se te quiebra el plan
o te madrugo
colérica

cuando sí
colérica

cuando no
colérica

tu cara roja estalla
colérica

iv

tus piernas
se mueven exangües sobre el
blando escaparate

la lengua aletargada
nombra oscuridad
y no despierta

tus senos fláccidos
se recuestan de tu corazón

casa sin luz
que toma por asalto
la melancolía

somos gemelas idénticas

la gente nos confunde en la calle
respondemos por el mismo nombre
nos gusta la misma cerveza

que yo tenga ojos verdes no importa
ni las seis pulgadas que me llevas
ni tu cuerpo grácil y el mío torpe y nervioso

son diferencias superficiales
que a la gente le entran
por un ojo y le salen
por el
otro

terminan todos recordando
mi cuerpo grácil y
tus ojos verdes

y es lo mismo

nadie se imagina cuál de las dos
escribe este poema

geométricas

twenty-one

"and in the end
the love you take
is equal to the love
you made"

—Lenon-McCartney

cuando juntas nos susurramos secretos
de voz a sexo y de sexo a
voz
somos una hermosa reina de baraja
arrojada sobre la blanda mesa del placer

euclidiana

tus senos y tu sexo
son los tres puntos que
definen el plano que
corta en dos el universo

nuestros dos cuerpos unidos:
el universo completo

amante Möbius

ese espacio que eres
no tiene interior ni
exterior
y
no
termina

sólo puedo recorrerte
para siempre

espejismo

estás tanto en mí
que el espejo de mi cuarto
me devuelve una mentira

mujeres condenadas

estamos abocadas al reflejo
nuestra sonrisa duplica la mano
anónima
con que te empujo o me empujas
al río del placer
toda piel nada
fronteras

iguales en el flujo y el azogue

no hay nada en nuestras almas
que no sea eco

no hay olvido en esta repetición
que alienta nuestros días

retruécanas

me ves y eres otra
te veo y soy otra
me veo y eres tú
te ves y soy yo

soy

tú
eres
yo

soy

yo y yo
tú y tú
otra y otra
somos

espejo cálido
eco perfecto

científicas

constantes

cuando frotamos nuestros cuerpos
la piel es puente

cuando bebemos de golpe la noche
hay un solo silbo organizando el
tiempo
en canon que adoba el sueño de sal

en el amor
partimos el pan del deseo
en trozos idénticos

maternidad

miraba su desnudez
sembrada sólo para el alumbramiento
y que nunca brilló para sí

imanes bruñidos tus

ojos
briznas de piel atraen
a fuerza de amor

lámpara de aladino tu piel
frotada
libera un genio de luz y de peces

madreperla

¿qué velo más denso que la saliva
con que me cuidas del día?

antiespejismo

rompe el vuelo
rompe el velo

quieta ahora y
desnuda
abraza a tu reflejo

gnomon

el amor a lo idéntico es siempre
un gran amor
no hay prisa en culminar
puesto que dura siempre

Newton, las manzanas

si separas los brazos en los que
hasta hace un momento
cargabas flores
medio mascadas descoloridas
si separas los brazos y la
fuerza de gravedad hala estas
chamuscadas flores hacia
abajo
y si además estás desnuda y
junto con las flores
caminas cargando tus senos
como a un infante
como si los brazos cerrados sobre el pecho
mecieran además
estas pulposas y suculentas flores
tuyas
la gravedad vencerá
el vuelo de tus globos deliciosos
aunque
a diferencia de las flores
no caerán desparramados sobre
la fría losa del cuarto

estoy segura

cartesiana

"lameir es lo que me aflige", contestó Isolda,
Halcón de amor...

—Gottfried von Strassbour, Tristán

tus brazos y
rodillas
ágiles escuadras ingenieras
organizan la superficie del lecho
en cuatro cuadrantes: mar
amor amargura muerte

la muerte siempre
prefiero en tu amor
umbroso y amargo
como el mar

movimiento perpetuo

todavía vibra la atmósfera
que rodeó todas
nuestras palabras
la entraña de cada átomo vocea
indistintamente aquella furia
y la intensidad de aquel amor

cuántos ecos empujándose
en el palimpsesto del aire

consecuencias de la termodinámica

i

necesita espacio mi amor
para moverse hacia el espacio
donde menos denso es el
amor
y nunca pierde su energía
no importa en cuanta masa inerte deje
un trozo muy visible de su fuego

su sed de espacios no termina

ii

tu mano no olvida
su equipaje de fuego
enciende mi corazón
y muerde la piel
con que te alumbro

iii

saco los instrumentos para medir
cuánto calor le contagias al aire

uno a uno los tomo de la mesa
los calibro
y los aplico a tu piel y al aire y
viceversa

mientras trazo la estadística
se evaporan mis manos
llamea el papel

black hole

cuando me atraes hacia tu muy oscuro
centro
mi luz se curva ante ti
eres
boca que engulle hasta el recuerdo

mi tiempo se aplasta cuando te roza

el deseo
ocupa apenas el espacio de un ínfimo botón
que pesa lo que el universo

al acercarme a ti se me acelera todo
voy comprimiéndome
hasta desaparecer

no es verdad que polos iguales se rechacen

es la explosión que acontece
lo que nos hace saltar
cuando estamos cerca

sería conveniente

que te reinventaras
ya no conocerte

borrar tu hélice de aminoácidos
retar la insistente inmutabilidad
de tus huellas digitales
escamotear tu iris delator

también la marca peculiar
que forman tus nalgas sobre la
arena
tu peso específico las lleva a cierta
profundidad
porque la arena se resiste a tu cuerpo
y tu nalga a vence
apenas

sería conveniente que no
fueras perpetua
como los astros
sino móvil como ellos

quiero comenzar cada día un día nuevo

variante de un poema de Apollinaire

"Il pleut des voix de femmes
comme si elles étaient mortes
même dans le souvenir"

—G. Apollinaire

deja que llueva
para todas las regiones de tu cuerpo
igualmente
como si tal fuera la lluvia
piedra ígnea
ceniza fosforescente

deja que llueva
camándulas
que se separarán obedientes
al empujarlas tus manos
gotas discretas
rojas
con el fuego del atardecer

deja que llueva
tierra sobre la tierra
aerolitos perdidos

cantos de un universo ajeno
pedazos de una destrucción lejana y
mayor

deja que llueva
plomos
los lanzados al aire en advertencia
que regresan
a la tierra
soñando con impactos acontecidos
y los lanzados contra cuerpos
que no regresarán

deja que llueva
"las voces de las mujeres
como si estuvieran muertas
hasta en el recuerdo"
ignorantes de un olvido más profundo
y cruel

deja que llueva la fauna del refrán
que llueva fuerte y demasiado
que estemos salvas en este cuarto
y sanas
hasta que pase la guerra

anfitriona

en tu cuerpo me siento
como en mi casa

y
porque el amor no recuerda
regreso

puedo convocarte si escucho mi voz
puedo traerte si froto
una contra otra
mis dos manos

y
porque el amor no regresa
recuerdo

en mi casa me siento
como en tu cuerpo.

aire

simón no dice que ames

simón no sabe

de ti no amo

la posibilidad de describirte
con fuerte pluma y vena incendiada
sino la ausencia
el marginado canto del agua
anterior al sopor de las palabras

te he dicho que

no me entiendes
me has dicho que
no te entiendo

¿qué más quieres?
¿qué más quiero?

si somos ya reflejo de reflejo

¿qué prefieres?

el hombre que penetra en ti con su
pluma vigorosa
como al papel, te mancha

la mujer que con su lengua suave y móvil
toca a tu puerta
avanza cantando

elle

piel
fiel mantel
de miel

arriba
laxo dosel
del sueño
abajo
rojo clavel
del desvelo

abrigo y sustento

a manta tu piel va
presta
manta con manta se
busca
imanta como nada tu
piel
amamanta con sus poros
blando sudor nutricio

aprietas mis muslos
como si preguntaras

me dejas apretar
y te contesto

soplo en tu lengua como si te dijera
me das tu tacto
y me escuchas

arrastro mis ojos sobre tus ojos
y no hay distancia

preguntas retóricas

¿en qué piensas cuando mi lengua
despierta entre mis piernas que
despiertan?
tu hilo mental se desmadeja

¿qué harás mañana
para recordar estas fiestas?
tocarás en ti mi facsímil
trenzando el temblor
en una sola madeja

como un puente

me tiendo
para que de amor a mar
camines riendo

abajo
la barca del deseo
y allá la mar
la sombra y el tiempo

bajo el puente la
barca escinde la
ola espumea su
proa de amor a mar
cruza
y desde arriba tu cuerpo
la mira pasar

¿quién te posee?

nadie
tú misma que buscas
en mí
tu tibia imagen

nadie soy
y nada tengo
que no sea yo

¿quién me posee?

vox populi

la mujer que no amó
de su madre lo menos
maternal
y guardó silencio
ha mentido

lo cotidiano

pongo la mesa en silencio
los codos apoyo sobre el mantel
la ventana acoge en tropel la luz

las frutas y sus
pálidos olores
se reúnen a esperarte

mester de juglaría

en tus tímpanos se refugian
estos requiebros
que se van borrando
en escorzo inverso

tu memoria no les ha dado pan
o agua
y han muerto

licor tu blanda piel

regada en el espacio
gotas porosas
tibia sal

variante de unos versos de T.S. Eliot

"Words strain,
Crack and sometimes break, under the burden,
Under the tension, slip slide, perish,
Decay with imprecision, will not stay in place,
Will not stay still."

—T. S. Eliot, Burnt Norton

monumento de aire tus palabras
las oigo doblarse
quebrarse
rechinar
bajo el peso de tu amor
romperlas a gemidos
borrarlas con tu flujo y tu sudor
agarrarlas te veo mientras ellas
luchan contra ti y
escapan

copas y bastos

qué licor es éste que espumeará en el recuerdo
qué tangencias sonoras bosquejan
la prensada inmensidad
que dictara
este ronco cristal

en los tupidos bosques resuenan
nuestros cuerpos
derramándose

tinta

le mot juste

¿para qué escribirte?
te sé de memoria o te
anticipo

te conozco siempre
ancla de mi forma
contorno de sal y sombra

busco más allá de los celajes

tu piel repetida
busco en los roces
el papiro pleno anterior a la escritura
y amo la ondulación de mis ojos
ante esta revelación

adivinanza lexicográfica

1. aves zancudas algo menor
que perdices
libres vuelan
ávidos animales
casi cluecas de
alegría retozan
sobre la sabana

y
por esa misma alegría
2. dícese de las viejas
que todavía retozan
sobre la sábana

también se refiere a
3. (*vulg.*) otras cosas
más trincas al tacto
y más inquietas

árboles

"De los álamos vengo, madre,
de ver cómo los menea el aire."

—Anónimo

no hay duda de que el cantautor renacentista
se refería a los amantes
ensopados de amor
bajo frondas atravesadas de sol
y del viento voraz de la mañana

la mujer
tumbada de espaldas
en los ojos
las turbulentas copas de los árboles
sacudidas por el deseo del hombre que
de espaldas al cielo
se enterraba en el origen

ah, mi amiga,
tú y yo
venimos de ver el bosque
democráticamente
de beber la brisa
tu origen y mi origen disfrutando

cada cual a su vez

a la sombra de las muchachas en flor

al restregar su pezón
contra su cálido reflejo
observó
el gemido de la piel
la maravilla tenue del abrazo

glosa

afortunado en el juego desafortunado
mi labio diligente palpa
la caída de tu espalda
esa chorrera por donde zumbo al bajar

de nosotras se dirá que empatamos
la partida
y que tu torso supino
ese dómino dos blanco
con el dos blanco mío ensambla perfecto
en el amor

Gamiani, Mlle. de Maupin

¿por qué dejar que él
narre nuestro amor?

apenas escucha nuestros gemidos tras
la puerta

¿por qué dejar que él
imagine y mienta?

Bilitis, Delfina, Hipólita, Albertina

Louys, Baudelaire, Proust
no
tuvieron más remedio que inventarte
como el absoluto inaccesible
como la piel equívoca que a ellos
no
se entrega

ésa
no es
la página donde habitas
sino la fresca y blanda donde
nada
se inventa y
todo
se entrega

Miss Brill

al cerrar la caja de recuerdos
escuchó
el gemido de la piel de zorra

pasó su lozanía
el craso latir
la furia del beso
el golpe de la ola
en su sexo

reina y dama

en una escena memorable
Greta Garbo
en el papel de la
Reina Cristina de Suecia
besa en la boca a su
dama de compañía

ah
si yo fuera la Garbo!
ah si yo
fuera
la dama de compañía!

Nightwood

¿para qué hollar el grito de su piel
en la noche?
su bosque entero sólo ama el beso del viento
en su fronda
y no la pisada del cazador

heartburn

"Pero de un rostro bello, de una piel suave,
nada se deposita en nuestro cuerpo, nada
llega a entrar en nosotros salvo imágenes,
impalpables y vanos simulacros,
miserable esperanza que muy pronto se desvanece."

—Lucrecio, *De rerum natura, iv*

a veces muerdo tu cuerpo
desesperada
y
como el poeta latino
sufro
al no poder ingerir para siempre
los espasmos de tu pasión

a ellos debo volver siempre

esculpida en tu aliento
tendida en tu memoria
estoy
aunque no puedas ingerir para siempre
los espasmos de mi pasión

a ellos debes volver siempre

cuando estamos juntas temblamos
de envidia
ante nuestras presencias

el amor es una casa de citas

cuando te digo al oído algo nuevo
sobre el amor
te ríes con cierta pena

veo que prefieres
a adrianne rich, a andrew marvel, a sor juana

sé que cuando te entregues a tu próxima amante
le pedirás un verso mío
que ya no será lo que fue
(ágiles palabras que soplé en tu oído)
sino letra inerte sobre papel
que alguien se aprende de memoria
para seducir a una muchacha

es difícil escribir con tanto ruido

el ruido ensordecedor de tu piel
al chocar con el aire
el batido tenaz de tu párpado
la fricción insoportable entre
la oreja y tu cabello

los músculos de tu dedo meñique
alborotados
el chasquido de tu lengua discurriendo
contra tu paladar y otros
estrépitos

se me revuelca el pensamiento

huyen las palabras

escucho
á
vida

hagiografía

i

he estudiado cuidadosamente
los detalles de tu vida
y aseguro
que sobrevivirás el sepulcro tal cual
para pasmo de la naturaleza

te guardaré en esta cripta verbal
adonde las peregrinas vendrán a ver
tu mano incorruptible
tu rictus post-clímax
que no se borrará
y las amantes vendrán a tocarlo
para la buena suerte

oh
este cuerpo tuyo
milagrero hoy
y
mañana

ii

"carne de madrigal"
—Luis Rogelio Nogueras

tu cuerpo
es un templo
colosal

sus cavernas son
húmedas
sus pupilas son
pupilas
su mármol
turgente

la santa se habita a sí misma

tu pezón enhiesto
tu lengua templada
responden al viento de mi beso
como arpa eólica

el cuerpo de la santa es
su propio monumento

enumero tus partes para
adorarlas
y
deposito ante ti
en bandeja de blanco papel
estas flores
negras

iii

lo que hace a la santa
es
la narración de su milagro
la noticia increíble
repetida
y
repartida

por más que te adore yo
sólo serás milagro
si hago el cuento

es trabajo de equipo
la santidad

tu cuerpo inmaculable no se basta
sin literatura

Indice

Trabalis

Made in the USA
Monee, IL
19 October 2026

66035575R00075